소멸하는 밤

정현우

소멸하는 밤

정현우

PIN

044

차례

1부

2부

3부

PIN

044

소멸하는 밤

정현우

시

1부

너는 모른다

너는
첫눈으로 휘갈겨 쓴 편지 같다

창가에는 네가 모르게 축문처럼
눈이 쌓이지 않는 저녁을
빛이 들지 않는 방에서 엎드려 우는 등 뒤로
천사가 불고 가는 입김을
너는 모른다,

눈 오는 겨울밤 길을 서성이다 오지 않을
그 사람의 마음을
너는 모른다,
애인과 밤새 술잔을 기울이며 이야기하던
시를
너를 기다리는

늙은 엄마는 더 영원한 마음으로 낡고
저 먼 곳으로부터 와
걸어서 와야 아는 슬픔을
너는 모른다,

입 밖으로 꺼내지 못한 말을 나누고
고백하지 못한 한 사람의 마음을
오지 않을 사람은 기다리기로 한 겨울에
그리 기다려도 오질 않는데
기억은 눈 젖은 길바닥에 혼자 짓밟혀

네 모든 것을 맹세하던
도시의 불빛 아래
버려진 너의 사랑을
너는 모른다

언 손 위로 눈을 털고 있는 네가

가장 아름다운 한때를

너는 모른다.

Angel eyes

*

나는 밤이었던가,
감기는 눈꺼풀이었던가,
그렇게 시작했던가,

지는 잎이 더 아름다운 곳을
천국이라고 믿으면서
지워지는 슬픔과 지워지지 않는 슬픔을 말하면서
전쟁은 시작되었고, 피와 떠오르는 사체들,
폭설을 내리는 신의 손가락,
인간 다음의 인간,

천사는 나의 이마에 손을 짚는다.
내 안에 손을 넣고

투명하게 쌓이는 촉감들
떨어진 날개들을 쓸어 모아도
부서지는,
완벽한 생을 살고 있다고 생각할 때
나는 언제부터 나였을까

목을 매는 저녁의 부엌,
죽어가는 사람 곁에서
매일 비행운을 생각하는 천사에게
침묵하기,

*

빛이 가진 질감은 인간에게 거칠다

완벽한 슬픔의 각도로
갇혀버린 두 빛,
울음이 언제 터트릴지 모를 두 개의 눈을
천사가 자꾸만 건드릴 때
슬픔은 몰래 쌓인다.
시간 차를 두면서
당신의 무릎을 꿇게 만든다.

숨이 꺼지기를 기다리는 천사가
나를 내려다보고
그런 인간의 저녁 창은 왜 슬픈가.

기도밖에 할 수 없는
마음 위로 마음은 왜 쌓이는가.

스콜*

옥상 위에서 유리를 껴안고 뛰어내리는
사람,
너는 이마에 빗물을 맞고 서 있다.
인간이 가진 울음을 모두 흘릴 수 없다는 것을
무심히 뛰어내린 철로 위에서 괴로움을 나눠도
좋을 너를
그곳에 오래도록 세워두고 돌아온다.

우리는 거대한 침엽수 아래
빗소리를 듣는다.
잠기기만을 기다리는 마을과
수몰하는 나의 죄를,
단 한 번 수거해가는 감긴 두 눈을
신의 손이라 아름답다고 말하면
어떻게든 이해가 되는 것,

기도하는 만큼 내 것이 아니게 되는 것,

왜 울고 난 뒤 두 눈은 따스할까
그토록 뜨거운 심장을 가져본 적이 있다고 믿기
위해

늘, 그 자리 없는 것들은 빗소리가 난다. 먼 구름
아래, 검은 빗물, 박수 소리 같은 것들, 소리가 나지
않는 것과 소리가 나는 것으로 세상은 나뉘니까. 소
리 없이 사람이 가고, 사랑하는 이들은 간밤의 꿈을
모두 써버리고 언 손을 녹이던 가장 추운 겨울은 짧
았다. 아, 두 뺨을 감싸며 빗속을 걸어가던 밤이여,

잘 가, 라는 말 대신 차오르고 마는 강수, 슬픔이
표정을 지을 수 있다면 네 눈빛을 하고, 빈 의자에

앉아 창가를 보는 사람이 너라는 것을 나는 안다.
나열할 수 없는 슬픔은 왜 위에서 아래로 떨어지는
걸까, 모든 비는, 두 눈은,

　너는,

　이제 집에 가자,

　빗속에 마주 서서 아무 말이 없고

　빗소리는 들리지 않는다.

　물끄러미 울고 있는 너를 본 것 같기도 한데,

　겨울 창가는 겨울 볕이 잘 든다.

* 기존의 커튼콜과는 달리 특정한 장면을 시연하고 관객이 그것을 촬영
할 수 있게 하는 커튼콜.

소멸하는 밤

흰 어둠이 잠들지 않는 거리,

나는 나를 만나러 가는 길,

지난 사랑이 모두 헐거워지는 창문 아래,

눈물은 들어 올리지 못하는 것,

그러니 우리를 울게 하는 것들은

힘껏 하늘을 올려다보게 하는 것입니까,

어둠을 지우려 우는 별자리들이

느리게 첫눈으로 떨어집니다.

겨울 구름 위로 숨 하고 내미는 입술,

흰 두 뺨이 젖듯이,

베갯잇에서 우우 하고 우는 얼굴,

가장 죽고 싶을 때와 가장 살고 싶을 때의 얼굴은

밤마다 꿈속에서 끝없이 다가오는 얼굴들,

죽은 아이들과 죽은 엄마들과

죽은 모두가 투명한 이파리처럼 흔들릴 때,

우리를 살게 하는 것은 무엇입니까.

나의 추모는 내가 할 수 없어서 나는 슬퍼야 합니까.

낮빛들이 피어오르는 숲,

별자리는 어둠 속에 죽은 나를 벗어놓습니다.

나를 사랑했던 만큼 당신의 얼굴에서

나는 잠시만 슬플 수 있겠습니까.

두 뺨에 떨어트리는 당신의 울음과

등 뒤로 쏟아지는 정오의 빛이

오래도록 눈매에서 머물다 갈 때,

나를 붙든 시간에 모두 울어버렸습니다.

어떤 슬픔은 머무르는 그대로 우리를 살게 하고,

그대로 내버려두고 싶은 슬픔이 있어,

그러나 당신은 한 번도 울지 않은 사람처럼,

한 묶음 목화를 들고 내게 와주세요.

나는 이곳에 서성이다 당신의 차례를
말없이 나는 기다릴 뿐이에요,
당신의 꿈속에서 서 있을 뿐이에요.
내가 없는 당신의 곁,
밤의 창가에는
너무 많은 슬픔이 유리알처럼 글썽이고.

오브제

나는 사라지는 숲으로 서 있었다.
흰 까마귀 떼는 나를 절벽 위로 데려갔다.
양손에 안대를 들고 있는 천사들이
사람의 표정을 짓고 있었다.

내 몸은 벼랑 아래로 떨어졌다.
살아 있는 것들이 부서지고 있었다.

얼굴이 반쯤 깨진 내게 천사가 귀를 대었다.
아직 꿈이 붙어 있는지 없는지,

천사는 아직 내게 남은 것들을 물었다.
우리라는 알 수 없는 꿈들이
이목구비가 사라진 얼굴들이 무너지고 있었다.

죽은 새부리 위에 다시 돋는
혀,
고요히 숲을 재우는 눈썹들,
귀를 자른 줄기는 빛을 끌어놓는다.

헝클어진 검은 바람이 윗입술을
나눠 가질 때

닦을 수 없는 동공이 환했다.
꿈속에 손가락을 넣으면 사랑은 자주 베였다.

스튜의 역사

손가락 없이 우리는 스튜를 먹는다.
입술은 원래 깨물 수 없는 것
겨울빛을 한 입씩 가져가는 최초의 입맞춤
한곳에 모인 정물이
눈부신 칼이 부드러운 고백이 될 때까지
스튜,
나에게 멀어진 그날은 돌아오지 않는
계절의 맛, 슬픔은 통째로 먹어야 하는
스튜,
잘못했다고 말해보세요.

우리의 얼굴은 오늘 낯설고
입이 없으면 어떻게 하지
서로의 몸이 엉켜 풀어지지 않는다.

처음부터 느끼지 못했다고 말해보세요.

스튜,

어제의 운세는 어김없고

슬픔의 방향을 잊지만 언제나

우리의 눈과 입은 제자리로 돌아와 있다.

압정들이 거꾸로 떨어지면

큐티클,

손톱은 너를 엎지르는 은유,

적당한 식사를 마치고

스튜,

나는 가장자리에서 쏟아질 것 같고

당신의 맛을 알고 있습니다.

손톱을 물어뜯으면

나방이 더듬는 침엽이

창가에 있다.

피에타[*]

마음을 신이 조각한 것이라면, 아래에서 위를 올려다보는 인간의 방향이라면, 마음과 입술 사이의 곁이 서성일 때 나는 서둘러 얼음 벼랑에 서 있습니다. 추락하는 음영으로부터 감긴 두 눈, 우리는 끝없이 떨어트리는 그늘 안에서, 영혼은 계속 내릴 눈 속에서 언 맨발로 이름을 그을 때, 새들은 어디에서 가장 짧은 빛으로 떨어집니까, 회전하는 겨울 숲에서 곤두박질치는 검은 새들, 밤이 없는 저녁이 물 위를 걸어다닐 때 감은 두 눈이 마음의 시작일 수 있습니까. 인간에게 왜 마음은 왜 주어지는 것입니까. 한 사람으로 끝없이 걷는 믿음입니까. 검은빛으로 물드는 창문이 큰 방, 모든 것에 성에가 끼는 창밖, 잘린 발목들은 거두는 의심을, 죽지 않는 비밀은 울음의 끝을 끝으로, 조금씩 밀려나는 숲에서 가느다란 실선이 아래로만 길어지는 기도는 인간이

가늘게 늘어져버린 몸입니까. 버려진 마음입니까.

　마음에서 입술까지 거리는 얼마나 먼 것입니까,
그러나 검은 손들이 나를 향해 손짓하고 마는 것은,
처음부터 깨질 수 없었던 창문 너머 툭 금이 가는
마음에는.

* 이탈리아어로 슬픔, 비탄을 가리킨다. 성모마리아가 십자가에서 내려
진 예수그리스도의 시신을 껴안고 비통에 잠긴 모습을 표현한 조각상.
신이 인간 내려다보는 시선(위에서 내려본 모습)에도 그 균형감은 완벽
하다.

마들렌

엉망과 둥근 마음을 굽는
안녕,

더 가벼운 쪽으로 새들의 목을 쥐는
오븐 위의 천사들,

해변에서 자장가를 부르는 흰 그림자
조개껍질이 붙은 새장을 닫고 뒤쫓는 새들,

너무 많이 부풀어서는 안 돼
인간은 너무 먼 것들로 반죽이 된
조개,

기억 위에 올려두어 펠 수 없는
흑진주,

그물에 흘러내린 빛들이
수초들의 물그림자를 감쌀 때
슬픔을 오래 유지하려는
물거품,
그걸 너는 숨이라고 해

천사는 졸린 두 눈을 비비고 나와 가끔
네가 살았는지 엿보고 가지
먼 곳의 짓무른 마음을 문지르는 조가비,

꿈에 붙어 두 팔을 자른 기억 같은 것들을
나란히 떠오르게 만든다.

조개가 밀어낸 보드라운 하늘,

혈관에 빛을 푼 홍채

빼곡히 진주알이 홀수가 된 고백들.

소용돌이

쥐들이 또 사람을 갉아먹을까봐 겁이 나

누워서 하는 기도는 등이 자꾸 가려워
침대 속에는
어둠보다 긴 내가 들어 있고

나를 본뜨며 낮을 기울이는 신은
빛을 듣게 한다.

손가락을 잊은 나무는 미완성된 출구

아름다운 배열들,
가시의 일이다.
그것을 날씨라고 말하게 되었고

오른쪽으로 지문을 그리다가
어느새 반투명 거울이 가득한 해변으로 와 있다.

견딜 수 없는 일이 시작되면서 일어난 일이다.

인형의 관절 마디를 부러트리면
혀는 파묻힌다.
신의 얼굴을 그리다 보면
한 방향으로 빛이 쏟아지는 해변을 걷는 기분
해석하고 싶지 않은 꿈속에
너는 해변에 웅크려 앉아
나뭇가지로 적고 있다고 말한다.

마음은 돌아나가는 모양이어서
사람을 한 붓으로 그린다.

눈을 하나만 뜬 천사를 대하는 기분으로.

모든 단어에 꽃 없는 혈관의 기분으로.

반딧불이의 노래

이 겨울 숲에 살아 있는 것은 없습니다.

숲 밖에서 누군가 울고 간 흔적이 석양 위로 붉
게 오를 때
나의 이마 뒤로 밤은 찾아옵니다.
주인 없는 꿈의 노래는 이 숲에 널브러져
상처 난 루비 알처럼 반짝입니다.
겨울은 눈이 먼 새들을 몰고 오고
나는 깨진 보석 같은 언덕 위에 약속을 어긴 어
제의 마음을 두고 돌아옵니다.

눈앞에는 성에 낀 나무들이 나를 가려
사랑으로 어둑해진 눈길은
걷던 길을 다시 밟아보는 한 사람의 마음,
겨울빛 지느러미를 비켜서며 들려오는 종소리,

알 듯 모를 듯 이미 끝은 정해져 있다는 신의 사랑을
나는 햇볕이 당겨오는 묶음으로 멈춰 섭니다.

한 사람의 눈 속으로 눈 내리는 겨울 숲이 있고
주어진 겨울이 얼마나 지났는지
얼음나무를 흔들어보는 햇빛이 있고
마지막 기도를 하는 한 사람이 있어
가만히 눈을 맞는 그를 뒤로하고
돌아갈 길이 보이지 않는 꿈밖으로 나서봅니다.

그가 이 숲으로 눈이 희미해지기 전에
눈빛이 모두 불길에 타오르기 전에
깊고 순한 이 잠에서 일어나기 전에 말입니다.

물끄러미

처음 보는 슬픔의 한낮
흰 구름 사이 해를 찾다 보면
나는 미끄러지고 있다.
만질 수 있지만
다시 돌려받을 수 없는 기분으로
돌아와 혼자 미역국을 먹는다.
멍하니 죽은 이를 생각하다 보면
건너갈 수 없는 곳으로 미끄러지는 기분.

비 내리는 천장을 보고 누우면
나는 내가 아닌 채로 심장 소리를 듣는다.
반쯤 찬 꽃병에 물을 따르고
이물감이 가득한 어둠 속에서 수은등을 켠다.
지을 수 없는 표정을 엎지른다.
십삼월이 이상하지 않은 달력 아래서

죽은 엄마의 시간으로 미끄러진다.

오래 잠들던 나의 꿈을 엄마가 흔들어 깨울 때

엄마, 여기 볕이 좋아.
잠깐 옆에 누워봐,
누군가 내 얼굴을 만져주는 것 같아

잘 지내? 너무 먼 그곳,
여기 겨울 볕이 좋아,
이건 나 혼자 오래된 이야기.

햇살 반대 방향으로 돌아누우면
자꾸 눈가가 젖고
반대편에서 엄마가

물끄러미 나를 본다.

2부

수국

흰 눈이 내 꿈을 덮으며 읽어 내릴 때
길 위에
잘 있어, 라고 쓰면

밤새 네가 다녀간 것 같다.

이파리가 줄기에게 고요한 것은

말이 없어도
끄덕이게 되는 마음,
쌓이다가 만
입술을 허문 말,

마음의 뒤편은 늘
멍빛으로 젖어 있다.

기일

햇빛은 새들과 거리를 두고 있었다. 난간과 하늘 사이에 예각으로 누워 있었다. 사라지는 것은 여백을 증명하고 있었다. 빛이 반사된 자리에 사물들이 흩어지고 있었다. 나는 그곳을 벗어나고 있었다. 사람들이 나를 치고 바삐 지나가고 있었다.

엄마에게 줄 두부를 사야 하는데, 바람은 부드럽게 나를 통과하고 있었다. 엄마, 하고 부르면 여전히 나는 살아나고 있었다. 오늘은 폭설이었지, 초겨울과 새들이 떠도는 냄새, 기억나지 않은 오후에 얼룩을 남기는 구름의 뒷굽을 따라, 내게 머무는 눈송이, 아무도 나를 알아보지 못했다. 어두워지기를 기다렸다가 그림자를 따라 걸었다. 언 나무들 사이를 헤치면 손바닥에 묻어나는 빛 부스러기, 사람처럼 걸으면 아, 눈이 부셔, 나는 이 밤을 끝낼 수 있나.

누군가 나를 부르는 소리, 거기 내가 만져본 얼굴들, 거기 흔들리는 나뭇가지가 풀어놓은 어둠, 나는 오래전 나의 얼굴을 오래 들여다본 것 같아, 사이사이 머뭇대는 내 기억을 두고 왔나, 엄마, 더는 걷지 않아도 되는 겨울이야, 흰 그림자들이 나를 지우고, 흰빛으로 무성해지는 서글픈 잎들의 오후.

빛의 다락

더 눈을 감고 있고 싶어,
솔방울은 밤의 살갗을 쌓아 올린다.

다락으로 떨어지는 빛,
몸을 휘감는 잎사귀 소리를 더 듣고 싶은 밤,

창가에 내가 키우는 식물들은 너무 늦게 온 빛을
빨아올린다.
그림자를 입은 예언이 발각되도록
그러니까,
꿈은 꿀수록 왜 슬픈 거야 슬픔은 왜 허락을 받
을 수 없는 거야
미안해, 아니 미안하다고 하고 싶지 않아,
오늘 죽은 엄마의 꿈을 꿨어.

나는 엄마를 내려다보았고

작은 소녀,

거대하게 움직이는 은빛의 나팔들

더는 눈에 젖지 말라고 안으려 해도 안을 수 없는

엄마는 추워 보이지 않았지,

맨발로 서 있었는데,

더 이상 눈을 뜨고 싶지 않은

나는

다락에 누워 아무도 밟지 않은 눈을 떠올리고

엄마는 물 위의 스러지는 숲을 걷는 시간들

새들의 눈을 따라가면

이상했어,

엄마의 집에는 엄마가 없어서

새의 깃을 붙잡고 구름 위를 날아오를 때

엄마는 한없이 작은 점,

다시 자라나고 싶지 않을 작고 단단한 씨앗,

긴 울음을 건너, 머지않아 올 때를 잃어버린 먹
구름,
빛을 거꾸로 뒤집어도 쏟아지지 않는
기억은 모래시계 같다.
한 알씩 지울 수 없으니까.
마음대로 어둠의 보풀을 떼어낼 때
겨울은 겨울나무처럼 눈을 뜰 수 없다

보케

거짓말을 처음하는
아이들이 줄지어

이어달리기를 시작한다
햇살이 적는 악보는 비어 있다.

뜨지 않는 눈이 꿈을 본다는 것이 신기해

발자국 하나 없는 검은 백사장,
아이들이 모래성을 쌓는다.

손과 다리도 없이
식물의 균형은 떠다니는 구름이지,
먼저 사라질 수 있는 묘사처럼
어둠 속에서도 끝까지 버틸 수 있는 미로처럼

시작은 아직 미로 속에 있어

끝이 해송으로 우거지는 해변에서

아직 물이 발목까지 차 있어

어둠 속에서 눈을 뜨고 싶지 않은 밤이 있어,

눈을 지우면 우린 날아갈 수도 있지

흙의 모습으로 부서지는 것들이

동심원을 그리는

물수제비 같은 것들이

우리는 가족을 잃은 사람처럼

빗길에 젖은 자정

물속으로 가라앉는 리듬으로

물은 빛 위에 떠 있고
하늘 안에 숨은 것들은 빛이 울컥이는 모양
물기를 머금고 모두 사라진다.

민들레

이름이 기억나지 않는 날에는
흔들리지 않기로 한다.
터트리지 못한 울음이 한 올씩 흩어지고 마는
저녁을 잊은 잎사귀처럼

마음을 가질 수 있는 오후가 있다는 건
아무것도 적고 싶지 않은
시, 옥상에서 뛰어내리고 싶은
아무것도 남기고 싶지 않을 마음

홀로 서 있는 날에는
새들은 바람을 흔들지 않기로 한다.

이미 죽은 자들이 부풀려 어둠과
그림자 사이에서

호르지 않는 영혼의 솜털들,

사랑에 실패한 얼굴들이 깨지 않도록

보드라운 살을 만지듯

마음은 떠나도 언제든 돌아올 수 있는데

마음을 가진 인간은 왜 돌아오지 못하지

인간은 그런 것이라고

흐르는 숲을 껴안고 서서

어제 투신해버린 작고 보드라운 씨앗의 발화가

숲을 빠져나온 물기에 젖은 씨앗들이

비가 되어

연인의 입술 위에 떨어져 죽을 때

낱장으로 흩날리고 있는 너에게

얼음 같은 햇빛이 적힌다.

프리즘

잠자리에게서 심장을 꺼낼 수 있다면,
행운,
시간이 만든 보드라운 넝쿨,

아물지 않은 두 눈에 누가 투명한 알들을 슬어놓
았나
알면서 모르는 척
곡선을 그리며 쌓여 죽은 잠자리 눈,
머리를 돌려 떼어내면
복도에는 사마귀를 잡는 까마귀,

손목마다 잠자리 날개들이 돌고
빛을 쓸고 가는 복수형의
빛,

너는 아직 죽을 생각이 없다고
말한다.
가위질한 손가락들을 가지런히 모은다.

햇빛,
문을 열고 나온 빛은 꼬리를 자르고 가는 긴 검
은 새들의 여백을 지키며 돌아오지 않는다.

실눈을 뜨는 나무를 너는 죄라고 이야기한다.

네가 그것을 사랑이라고 말하기 전까지
이 이야기는 시작되지 않는다.

몫

살아남은 자들은 더 잘 살기 위해,
더 안전해지기 위해
그들의 죽음을 해석한다.
―무브 투 헤븐

눈꺼풀은 꿈의 두께와 같다.
깜빡이면 끝이겠지만

식탁 위, 유리병에 잠긴 포도 알을
푸른 눈동자로 건져 올린다.
금방 태어날 것 같은 가재 알,
깨지 않으면 살 수 없는
잠의 몫을 생각한다,

나는 눈보라 치는 너의 숲으로 들어간다.

두 손 가득 흰 눈을 퍼 올리고

아른거리는 것을 망설인다.

손바닥으로 햇살을 가리면 울음이 만져진다.

사람은 어떻게 죽어가는지 궁금해,

크로키,

창은 열려 있고

흰 문조 떼가 머리를 이유 없이 부딪친다.

목을 가누지 못하는 것들은 슬프지,

무릎을 꿇고 겸손히 둘러앉으면

빛은 하늘이 깨지지 않게 유리창을 들어올린다.

폭설, 가지런한 숲을 지나는 목소리로

돌림 노래를 부른다.

너를 설명할 수 없어서,
무게 없는 꿈을 저울에 달면 시계가 돌지 않는다.

빛에 슨 저 녹은 누구의 몫일까
수건돌리기,
누가 오고 갔는지 모른 체,
나는 없는 방향에서
목숨을 훔치는 술래 찾기.

원을 그리는 숲 위로 기린이 솟아 있고
목을 건 꽃들이 부러진다.
눈물은 내가 나를 찌르지 못하는 무채색 둥근 못,
꿈의 결말은
내가 깨트리고 나오는 유리 감옥,
목 없는 기수들이 버리고 달리는

창,

유리체는 꿈의 안쪽에 모이고

영혼은 손이 베이지 않는 시간을 딛는다.

주검은 한 손에서 가볍다.

손금은 빛으로 꿰맨 매듭,

오른 손금 끝,

빛은 물빛으로 풀릴 뿐.

투명해지기 위해 목을

꿈속에 넣다 보면

어느새 늘어나 있는 긴 옷소매.

종

종은 침묵에 등을 돌린 유리병 속, 흐르지 않는 나를 부르는 시간. 엎드린 나방의 눈, 감겨지지 않는 어둠이 울컥, 여름에만 영혼을 나는 새들을 새장에서 꺼낼 때, 목소리가 아니었어요. 신부님의 종소리 같은 것이었어요. 숨을 거두어가는 소리란다, 목소리가 노래로 이어지는 목을 매던 꽃의 마음을, 목이 없는 것들을 기다리면 거룩한 나의 거짓이 창을 열고, 나무가 부려놓는 어둠을, 나의 안은 어디로 달아났을까. 악몽은 들리지 않고 뒷걸음치지 않으려는 짐승의 목덜미, 영혼은 빛을 짚고 일어설 수 있으니까, 나는 살아도 살아지지 않는 게 많아져 나는 낮이었는지 밤이었는지 잊을 거여요. 나의 잘못은 엄마, 엄마, 여러 번 불러본 일, 산 자와 죽은 자들이 함께 돌아올 때를 기다려요, 엄마, 엄마에게 처음 배운 그 눈빛을 모두 기다릴 거여요, 눈 없는 울음은 서 있지 못하는 중력, 목 놓아 울지 못하는 창문이니까, 끝없이 여닫는 덜 자란 그림자들, 엄마를 불러도 엄마는 모르지, 일어서지 못하는 나무의 배후, 어둠 속에 숨어 있는 짐승이거나 침묵이거나 또다시 떠도는 이야기거나 거기, 나를 두고 온 흔들리다 만 풍경.

조감도

　겨울이 잎을 훔칠 때 이 밤은 시작이 아니다.

　이번 생은 까마귀, 버드나무, 손이 스칠 때 숲의 생각이 궁금하지, 한 사람의 숨이 멈출 때 머리 위에 컵을 올려두는 세계와 창밖의 숲, 바람이 불면 숲이 웅크리는 냄새가 있고 어떤 말을 해주어야 할지 모를 이가 있고, 떠나간 것들이 찾아와 열매 끝으로 자란 눈들을 깨우는 정오에는 느리게 쌓이는 빛과 조류들, 너는 오랫동안 우는 법을 잊는다. 여름밤이 물이 되어 흐르고, 비취색 그림자가 흔들릴 때마다 늪 속에 잠겨도 좋겠지, 죽어 있는 시간들이 더 선명해진다는 것을, 기쁨으로 괜찮아질 때까지 너는 닫힌 창 사이로 새들을 올려다본다. 새의 왼쪽 눈과 오른쪽 눈에 낯선 마음이 생겨나, 누구도 뒤돌지 않는 잿빛 하늘, 반짝거리는 양치식물, 준비하는 슬픔을 두고 오고 싶을 너는 도착지가 없는 것들을

기록한다,

　그러나 아무것도 적히지 않고 아무것도 자라지 않는다. 함부로 영원에 대해 말할 수 없다, 느슨한 잎들을 반성하는 나무, 눈보라 같은 것들이 만져질 것 같은 복도 밖에는 빛이 어둠을 넘긴다, 가늠할 수 없는 조도로, 반으로 접힌 나뭇잎과 같은 고백으로, 죽고 싶다고 말하는 고백을 고백이라고 말할 수 있는지,

　발목 아래 거대한 뿌리,
　어떤 나무들은 우리를 내려다보았고
　그늘 안에는 작은 그림자들이 숨어 있다.

　새의 보폭으로 날아가는 일이 지속되었다.

어지러운 고요를 꺼내

몸 밖으로 빠져나가는 수천 개 서랍이 시간을 닫는다.

턱을 괴고 불 꺼진 숲을 슬픔을 지연시키기 위한 믿음이라고 읽는다.

민들레 숲

창밖, 여름이 오지 않는 시월의 햇빛이
눈을 감은 채로 서 있다.

발자국에 소리 없는 물빛 어둠이 고인다.
나는 연둣빛 줄기로 숲을 민다.

듬성한 눈빛들이
머리 위로 고명처럼 쌓이는 이상한 계절들,
한 홀씩
꿈밖으로 너를 털었다.

유리 숲

오르골, 인형의 관절에서 도는 빛, 흐르지 못한 시간까지 듣지, 발아래 흔들리는 겨울 수초, 창가에 턱을 괴면 푸른 발굽 소리, 나는 언 발을 거두고, 아직 해야 할 말이 남은 영혼을 물어온다, 반사되지 않는 빛은 투명하게 잠영해, 겨울이 들어갈 수 있는 빈 곳을 찾아 나를 끌어내리는, 빛을 열고 가는 기도, 말해요, 머리 위로 떠 있지 않은 새들의 높이를, 벽시계를 타고 오르는 나팔의 떠지지 않는 눈을, 겨울 집은 모두 창문이 없다, 겨울나무가 짙푸르게 우는 소리, 작은 우주 속의 한 톨, 내가 아는 주검들을 부르면, 존재는 멈추지 않고 모든 사랑의 순서가 사라져, 흐르지 않는 요람, 하늘을 뒤덮은 폭설 위에 집을 짓고, 강수가 차오르면 무엇이 나를 대신할까, 두 손으로 얼굴을 감싸 쥔 투명한 얼음 편지, 달아나는 유리의 빛, 빛에 쓸려가는 우리의 시간.

오리와 눈먼 숲

　너는 슬퍼지지 않기 위해 나무들이 갓 자른 어둠 속에서 오리를 찾는다. 오리가 잠든 방을 기다린다. 새가 돌아오지 않는 새장 속에서 목화를 꺼낸다. 흔들면 떨어지는 솜털, 눈구름이 가득 찬 하늘을 올려다본다. 두 손으로 성체를 받아 드는 오후, 세상에서 가장 작은 죄와 신을 잊는 저녁. 맞지 않는 신을 신고 혼자 눈길을 걷는 사람을 떠올린다. 목화가 진 숲에서 떨어진 솜들을 모은다. 슬픔을 베개 속에 두면 좋을 텐데, 베개에 얼굴을 묻고 우는 사람을 본다. 저만치 오리가 먼저 가 있다. 눈을 푹푹 밟으면서 파묻힌 신을 물어온다. 천국은 비밀 때문에 망가지는 것. 영혼을 만질 수 있다면 물 먹은 목화솜 같은 것, 이마가 무거워져 더 이상 걸을 수 없는 것은 어제 생겨난 나무들 때문이야, 네가 개가 아니기 때문이야, 더 이상 갈 수 없다는 듯이 개가 혀를 길게 늘어뜨릴 때, 오리가 나의 손등에 이빨 자국을 낸 것 같다. 나를 따라 하는 오리, 나는 없는데 반듯하게 찍은 발자국 위를 내가 망쳐놓는다. 오리는 개를 애도할 수 없다. 꼬리가 길어지고 있다. 진심을 말하면서 잠에 빠지지 않으면서. 발끝까지 성호를 그으면 눈을 감고 있어도 오롯이 얼음 웅덩이가 되고 마는 영혼들. 여기서부터 거짓말을 비유할 수 있는 것은 개의 몫.

윈터링

식물의 팔꿈치는 꿈은 없고 팔만 있다.

마른 선인장,
건드리지 않았는데 떨어지는 가시,
다시 살아날 것 같지 않아서

빛에 찔린 겨울나무들은
무릎을 굽힌 채
긴 잠에서 깨어나지 못했다.

라디오가 꺼지고 있다.
가끔 슬픔은 잡음처럼 들린다.

시래기

할머니가 방문을 세차게 닫고 나갔다. 바람벽에 출렁이는 무당들. 천장이 낮은 우리 집. 그래도 창문은 많았지. 창틀마다 어머니가 걸어놓은 무청 위로 들릴 듯 말 듯 붙어 있는 나방, 한 묶음 두 묶음 세놓고 싶다, 뚝뚝 시래기의 뿌리를 털어낼 때, 쓰레기 방이나 되지 말라지, 어머니는 버린 것을 왜 주워 오나요. 버려야 할 것보다 버려질 것들이 많은 날들이 오고, 말라버린 것은 어둠뿐인데, 웅덩이를 잃은 숨들이 거꾸로 시작되는 말뿐인데, 새들이 쫓지 않는 음지 속으로 지저귈 것 없는 사방의 호랑가시나무들은 어둠을 베고, 별들의 발톱은 나무 미간을 긁는다. 나는 아버지 입술을 닫았다. 꽃이 자랐다. 꽃을 흩트리면, 쌉쌀한 맛과 꿉꿉한 냄새, 사람이 식물이 되는 냄새. 식물의 슬하가 되어 남은 물들을 모두 햇빛에게 내어주는 것에 대해서, 시래기를 들추거나 헝클면 가을볕 어제 죽은 나무 그림자처럼 떨어지는 시래기 가루들, 무꽃의 말을 생각하면서 풍요로운 계절이라는 말을 중얼거리면서, 물을 주지 않아야만 무성해지는 시래기의 방. 어머니는 질기고 푸른 무청을 찬물에 우려냈다. 그럴 때 아버지의 바짝 마른 등뼈에는 겨울 볕이 들고 나는 바스락거리며 떨어지는 껍질을 모아 국을 끓였다. 아버지 이제 좀 일어나, 점점 작아지는 아버지, 모든 뿌리를 꺼내 우적우적 먹고 싶은 밤, 버려진 뿌리의 행방은 누구도 말해주지 않고.

광합성

빛이 들지 않아도 살아지는 게 더 많으니까, 뿌리가 끊어진 곳에서 생각을 생각해요. 물 없이 얼마나 버틸 수 있어, 유리병의 식물은 부지런하고 지난 일은 다정해지고. 마음이 마음을 벗을 때까지, 죽어가는 식물을 버릴까 말까 그런 식으로 사람을 보내고, 높이 자란 생각이 생각으로 자랄 때까지, 다시 자라지 않는 꽃을 땅속에 심으면, 우리는 죄인으로 남을 수 있을까요. 울고 싶지 않은 밤에는 넘칠 듯 물을 주면 허덕이는 외로움만이 우리를 구원할까요. 들여다보아도 아무것도 없을 거면서, 죽여도 자라날 거면서, 가지고 싶지 않은 벼랑과 쏟아진 우리는 눈이 없는 것들이 있는 세계로, 빛으로 아빠를 망가트리면 조금은 슬픈 어둠이 될까요. 엄마는 알잖아요. 처음부터 우리는 인과 없는 광합성. 거짓말이 없는 그림자, 아무리 어둠을 밝혀도 빛이 되지

않는 명도, 이룰 수 없는 미움 따위, 엄마는 알잖아
요. 죽을힘을 다해 광합성을 떠올려도.

3부

겨울의 기도

인간보다 더 인간 같은 슬픔이 나를 알아볼까봐
눈발 속을 나는 미친 듯이 걸었어요
오롯이 한 사람을 지우는 것은
눈처럼 오고 가는 일이구나
종잇장처럼 구겨진 당신을 안아보고는
내게 용서를 구하는 신을 생각했어요

견딜 수 없는 눈보라의 밤은
서서히 부서지고 있는 당신을 모르는 척
이미 혼자 나를 멈추어 서게 하고
눈빛이 한 사람의 눈빛으로 머물게 하는 것을
우리가 살아 있음이라고 말하지 마세요,

손등 위에서 시들고 싶은 잎들이
너른 잎들이 우리의 두 눈을 가리는 것을

믿음이라고 하지 마세요

당신이 실수한 것이라고

우리는 슬픔에게 말을 빌려야 하는 것이라고

겨울 숲이 우리를 모두 혜적이고 나서야

죽음의 얼굴들이 울다 만 가지들을 흔들 때

기다리고 마는 것뿐임을

죽은 몸을 껴안고 묻힌 자리

위로 눈을 내리는 겨울의 마음을

귀 기울이다 마는 것뿐임을

오목

종이 위에 나는 그와 오목을 둔다.
번갈아
이미 죽은 것을 셈한다.

눈 없이 사랑해라고 말하면
오목하게 들어가는
흰 두 눈,
죽는 것이 더 낫다고
다시는 돌아오고 싶지 않다는
두 눈 속에 비친 나를 보고 있으면
두 사람이 울고 나오는 것 같다.

죽은 이후 아무것도 없다고 말하는 너는
흰 돌 없이
산 자와 죽은 자

죽이기 위해 죽는
검은 알의 오목을 둔다.
눈감지 않는 마음을 가지고 있다면,
나는 그와 마주 보고 앉아
돌아오는 자에게만 주고받는 인사를

잘 잤어?

검은 알은 검은 알에게
흰 알은 흰 알끼리 줄을 잇는다.

검은 돌의 차례는 검은 돌이 되듯이
산 자는 살아 있고

내가 흰 돌을 올려둘

차례.

데생

거미줄을 조금씩 당겨서
어디까지가 꿈인지 기억해봐

아래 속눈썹을 실 뜨는 나무,
가질 수 없는 잎들의 마디로
날개는 새들을 버리지

눈동자는 안으로만 걸어 들어가는
창문,
다시 그려지고 마는 나는,
빛을 견디는 나선형의 귀와 깃을 다 뜯어놓은
실선,

고드름,
한 줄로 자라나는 하늘빛 내부

눈을 뜨면 사라지는 순간들은 한곳에 있고
빛은 직립이다.

겨울소묘

창밖은 눈이 오다 멎은 스노우볼 같습니다. 흰 까마귀 머리 위로 서리가 끼고 어머니가 할머니의 머릿결을 쓸어내리는 동안 나의 눈부처 속, 할머니는 깊은 겨울 호수처럼 잠에 듭니다. 나는 어머니의 등에 기대어 할머니의 먼 길을 떠올렸고요.

뭇별이 되지 못한 겨울나무는 하현달을 조등처럼 걸어둡니다. 그림자가 흔들리고 있는 새들의 눈 속에서 보름달은 차오릅니다. 호수 안으로 발자국이 끝나는 곳에서 반투명 잎맥을 따라 바람은 별자리로 휘어집니다. 할미의 눈빛을 거두어가는 동안, 나무 그림자를 끌고 온 바람이 할머니의 뒷모습을 지켜보고 있는 어머니의 뒷모습을 앞질러 갑니다. 두 눈에 빗줄기 같은 별들이 전부 쏟아질 것 같아 나는 발 딛을 틈 없는 눈 오는 창밖을 내다봅니다.

나는 갸우뚱 고개를 숙여

비스듬히 기울어진 할머니와

엄마와 유리창에 비친

나를

밤새 들여다보기로 합니다.

모사 母蛇

가위를 들고 나를 자른다. 발가락을 자르고 손가락을 자른다. 쏟아진다. 모든 사물의 사지 속에 내가 있다. 발이 남은 엄마는 문지방에 넘어진다. 슬퍼하지 않아도 되는 것들이 있어 지그시 엄마를 밟는다. 뱀들이 엄마의 살갗을 찢고 나온다. 꽃의 모양으로 나온다. 그건 소리 없는 나팔, 돌돌돌 말려 있는 관악기, 악문다. 이를 악물면 얼굴은 금이 간다. 잘못이 아니라는 듯 나는 엄마를 뚫고 나온다. 엄마를 입고 다닌다. 바닥을 쓸면서 밑창이 떨어질 때까지. 엄마를 뒤집어쓴다. 자궁이 헤진다. 우거진 늪지대가 나오고 침묵은 똬리를 틀고. 꽃잎이 둥글게 혀를 말아 올린다. 푹푹 발이 빠진다. 부둥켜안고 있는 수련들, 지나가지 못한다. 꽃줄기에 붙은 어둠이 얇아진다. 나는 혀를 오므렸다가 편다. 엄마는 혀가 두 개 있고 엄마의 혀를 뽑아버린다. 그 아래 내민 나의 혀, 독니처럼, 덧니처럼 엄마는 여전히 모르고. 나의 꽃줄기가 한 뼘씩 나를 밀어낸다. 모든 꽃들은 엄마를 찢고 나온다. 나는 뱀 눈깔을 하고 꽃무늬 이불 속에서 몸을 만다. 태어나지 않은 것은 말린다. 말리고 말라서 옷을 벗는다. 껍질을 벗는다. 엄마를 불러도 엄마는 모르고, 엄마를 둘둘 말아버린다. 나는 엄마를 덮는다. 엄마가 운다.

캐치볼

한곳을 오래 보면 오래된 것들이 보인다.
하늘이 된다.
숲 멀리 던진 공을 사이에 두고
혼자가 되게 한다.

겨울 숲의 이야기는 끝이 난 지 오래,
아득히 멀다라는 말은
최선을 다해 이파리가 바스락거리는
우리가 흔들리며 매달린 유일한
초록,

이리와, 하고 부르면
달려가 와락 껴안을 수 있지,
하고 싶은 말을 모두 할 수 있지,
지금 너는 내게 공을 가져와야 하는데

기다려,

하고 눈을 감으면 믿고 싶은 것들만 제자리에 살
아 돌아온다

하모니카

　나와는 무관하게 아름답게 자라는 그늘 너머 우리가 사라져야 꺼낼 수 있는 노래, 같은 건 아무도 가르쳐주지 않았고, 새들이 걸어 나오는 밤의 꼬리에서 가장 먼 꿈을 보는 사람, 죽은 사람을 네모 속으로 구겨 넣으면 리듬, 리듬, 창밖에 눈은 한참이나 눈과 눈을 지우고 있고, 정리가 되지 않는 두 귀는 항상 어긋나는 각도로 있을 거야. 울음은 들숨과 날숨 사이도 아닌 것에 있으니까, 죽은 것은 왜 모든 구멍을 열고 싶나요. 모든 창문은 완벽히 닫고 싶나요. 구멍은 자꾸 뒤집어지고 싶고, 나무들은 춤을 추고, 텅 빈 구멍을 나누면 영, 기억나지 않는 모든 일, 끓고 있는 은색 주전자, 시작되면서 바로 죽는 숨, 사라지는 것들의 소리를 듣고 있다는 일이 경이롭지 않나요, 좋은 일이 일어날 것 같지 않나요, 꿈 곁을 들어 올리면 내일 꾸어야 할 꿈들이 빛

을 향한다. 꿈속에는 빛이 없으면서, 당신은 이미
죽었을지도 모르면서.

구와 멍

구렁이가 넘지 못한 벽을 올려다보았다. 벽이 넘어간다. 구멍 속에서 구멍이 기어 나오고 목을 늘어뜨린 태몽, 구멍은 닫히는데, 닫히는데 자꾸만 열리는 구멍이 있었다. 깊던 구멍이 많으면 밤도 많아졌다. 그날도, 구와 멍 사이에 비가 내렸는데, 눈구멍의 위치에서 실밥을 따라가면 주머니 같은 동그란 구. 내 앞을 굴러가면서 뜯어졌다. 구멍을 갖지 못한 어둠은 뚫려버린 목구멍, 몸에서 스멀스멀 기어 나오는 빗줄기, 반복되지 않는 무한성, 구멍일까 구덩이일까. 사람이 죽어가고 있다. 눈과 귀와 코에서 물이 새어 나오고, 구멍에서 구멍이 쏟아졌다. 들어간 만큼 밖으로 밀려 나오고 있다. 사람이 사는 동안 아홉 마리의 구렁이를 먹는다고. 나의 구멍 속에 몇 마리의 구렁이가 사나. 자신을 밀어내면서 끝까지 밀어내면서 다시 들어가고 있다. 창에서 욕설처럼 비난처럼 아우성처럼 뛰어내린 구에서 멍이 멀어지듯, 멍에서 구가, 구가 죽었는데, 사람이 죽었는데, 어떤 말을 해야 하지 비둘기처럼 구구 구구가 웃는 건지 구덕구덕 울었다. 하얀 머리카락이 뱀 비늘 같았고 구에서 멍까지 사람들은 미끄러졌다. 목이 긴 거짓말들은 아홉 개의 구멍, 눈알을 가두고 깊이는 허전해졌다. 혀를 잡아당기면 줄줄 따라 구멍과 구렁이와 구덩이와, 수북이 구덩이가 생겨났다. 안으로 밖을 보는 눈의 구는 왜 이렇게 많나. 구멍이 몇 개인가 너무 많아서 보이질 않는다. 어느 것이 맞는 제 구멍인지 몸인지 입인지 파도인지 똥인지 모른 채 잘근잘근 구멍을 씹는다. 토한 것을 도로 먹는 사람을 본 적이 없다. 삼삼오오 구렁이를 품은 사람들이 구, 구덩이 속으로 갔다.

대파

옥상에서 마네킹이 떨어졌다.
스티로폼에 자라던 대파들이
깨진 머리통 속으로 씨앗을 들이밀었다.
마네킹에서 초록이 부풀었고
아파트 현관까지 자라난 뿌리를 당기면
텅 빈 복도에서 벌레들이 달려들었다.
사람들은 슬리퍼로 벌레들을 눌렀다.
대파가 어디까지 뿌리를 뻗고 있을까
사람들이 마네킹을 수습하러 갔지만
마네킹에 얼굴들이 매달려 있었다.
껍질 하나를 억지로 잡아당기자
철근 부러지는 소리가 났다
왈칵 뜯어져 나간 껍질 속에서
파꽃이 총포처럼 부풀고 있었다.
총구가 우리를 겨누고 있다며

사람들은 파꽃을 꺾어버렸다

껍질들이 썩고 발이 보이지 않는 사람들의 입에선

죽음보다 긴 혀들이 범람했다.

바람이 불어와 사람들의 발가락에서 썩은 대파

냄새가 났다.

텅 빈 마네킹들의 몸속,

대파 하나 자라도 모를 일이라고

씨앗들이 사람의 입속으로 쏟아져 들어왔다

반상회에 나온 사람들은 몸통이 구부러져

서로가 서로를 겨누고

발가락에 자줏빛 왕관이 피어오르고.

툰드라의 유령

악사가 보이는 부둣가, 슬픈 눈을 하고 있는 점쟁이들을 본다. 아버지가 만들어준 램프와 칼을 가방 속에 넣는다. 칼끝에서 낙하하는 별들이 죽은 사람의 몸 같다. 아가미를 자른 곳마다 발가락이 아래로 자라고 인간에 가까운 말들이 헤엄치는 귀들을 삼키고, 물보라가 없는 물갈퀴가 만개한다. 한 손으로 눈을 가리면 여러 갈래로 벌어지는 빛, 개들이 죽은 이들의 팔을 물어오고 손이 긴 가느다란 휘파람을 부는 여자, 배가 부두에서 멀어질 때, 영혼이 몸에서 멀어질 때, 부둣가에 올라온 인어들은 매일 태어나는 노래가 더 나쁜 생각에 가까워질 때 멀어지는 침묵과 흰 곁으로 남겨두는 돛, 하늘은 기다리는 구름을 읽는 이미지, 물속으로 도래하는 밤, 그밖의 목소리, 서술이 없는 처음이 꿈의 사슬로 묶일 때, 더 얇아져 옅은 것들과 마주하는 불면을 참고

있는 얼굴, 꿈을 넘지 못하는 발과 문을 가진 어둠
은 자꾸 사람에게 얼굴을 돌려준다.

어제 죽은 사람
―툰드라의 유령 5

어제 쓰러진 나무들이 오늘의 그림자를 세고 있었어요. 정령들이 물개의 뼈들로 하늘을 구부리고요. 불을 만지는 별들은 반시계 방향으로 돌고, 그을린 새들은 물속에 있고요, 동생은 이불을 뒤집어 쓰고 어제 죽은 사람처럼 울어요. 한 손으로 얼굴을 가리면 밤 속에 있는 그림자는 숨 막힐 거야, 어머니가 헤엄치는 법을 잊은 물고기들 사이에서 떨어진 해골들을 주우며 웃을 거야, 슬픔은 슬픔이 넘치지 않을 때까지만 생각하는 것, 이상한 사람이 되니까, 꿈속에 들어간 한 사람은 한 번에 나오지 못하니까, 물속으로 가라앉는 리듬으로

우리 밤이라는 이름을 가지기 위해 죽은 새 머리를 쥐고 어둠의 가장 안쪽을 만져보세요. 깊어지면서 너울대는 나무들을 지나 회중시계를 흔들어보면서, 파르르 밤을 할퀴는 새의 발을 잘라 건네주면

서. 어머니, 입속에서 손톱들이 돋기 전에 숲을 나가요. 시간이 들어오지 못하게 커튼을 쳐요, 물속에서만 떠오르는 두 어둠이 있어, 그걸 꿈이라고 믿다가 죽음에서 거리를 유지하는 기분, 사라지는 것들의 눈을 더 깊이 이해하는 기분, 꿈속에서 맨발과 유리 조각을 밟는 두 눈은 언제나 물이 새지 않고,

묘

　출처가 묘연해지는 아홉 개의 묘, 신열을 앓던
은사시나무 숲,
　내가 아홉 살 때 죽을 거라 했다. 아홉수가 대수
인가 숲에 불을 질렀다.
　구구 흐려지는 비둘기 떼, 不의 감정으로 꼬리가
없는 감정,
　몸에서 번져 오르는 불씨, 아홉 마리 고양이가
뒷발을 뒤집고
　나는 홀리듯 네발로 기어가고

　고양이를 아홉 번 구워 삶으면 사람 냄새가 나지,
　그런데 사람을 태우면 어떤 냄새가 날까
　유언, 마음대로 움직이지 않는 열 개의 손가락
　말을 듣지 않는 아홉 개의 말,
　아홉에서 열이 될 때 묘와 묘 사이에 아홉 개 꼬

리가

　찰나 방식으로 쓰여지는 것…….

　원인을 알 수 없는 결과를 태우면 모든 것은 살
아나고 있었다.

　나의 할머니, 나의 검은 고양이, 옆집에 살던 정미.

　날것이 되지 않는 감정, 산 사람의 낮과

　퍼지는 불변의 위치, 작은 부리들,

　닳는 아흐레의 날

　묘와 묘 사이 아홉 개 꼬리가 있고

　아홉 개로 이루어지지 않은

　희미한 채로 몰입되는 영혼

　살아 있는 채로 넣어두어야 할 것들이 너무 많았다.

파종

당신을 파종하고 돌아오는 밤, 사용하지 못한 여분의 빛을 푸른 사과들의 불로 켜두겠습니다. 나는 이미 당신의 죽음 안에서 시작되었어요. 미완의 것들만 아름다운 인간의 성운과 겨울이 나의 발밑에서 깊어져요. 나무 아래 빛과 꽃이 떨어진 자리를 이해한다는 것은, 용서받지 못한 나를 이해하는 일, 떨어져 무른 사과들을 줍는 일입니다. 완전한 사람이 되지 않는 이유를 알게 되는 밤이에요. 사람이 사람으로 살 수 있는 날이 하찮다는 것을 알게 된다면, 별과 난로와 신은 이미 검은빛이 지워진 여름 숲에서 태어난 지 오래, 어두운 것들만 울음 없이 숨어드는 덤불, 죽은 것은 없어져야 하고 살아 있는 것은 추운 들판을 지나야 하는 침묵을 서서히 벌레들의 날개로 닫는 흰 밤이에요. 수확할 수 없는 고요는 어느 것으로도 묘사할 수 없었으므로 어둠은 현을 들어 나를 켭니다. 나는 사과 한 알 생겼다가 당신의 발등 아래 떨어져 당신이 모르게 데굴데굴 굴러가 사라질 일, 다 자라지 않을 마음들을 끝없이 파종할 일, 당신의 죽음 안에서 내가 묘혈처럼 깊어 지는 까닭은…….

겨울의 연서

심장이 눈 속에서 멎어갈 때
꿈은 왜 망가진 장난감 같나
첼로 현을 만지는 늙은 악사 손이 보이는 거리에서
더는 매달리지 않을게 일 분만 안아달라는 저 연
인의 등 뒤에서
한강대교, 오늘 밤에 죽을 결심을 한 남자에게서
어제 태어난 별 아래 흩어진 유서들과
부모를 잃은 거리의 고아들에게
죽은 애인들은 어디로 사라져
우리를 맨발로 서 있게 하나
아직 오지 않은 고통으로부터
뛰어내리게 하나
하늘 쪽으로 잠든 얼굴로부터
왜 우리의 두 눈 사이는 너무 가깝나
슬픔은 너무 가깝게 걸어오나

겨울을 지나는 우리들은 너무 빨리 끝나버린 것
같고

감은 두 눈은 한 번에 사라질 수 있다.

그토록 애쓴 마음은 누군가 가져가

시든 잎으로 시작되어

낙엽을 밟고 가는 너의 뒷모습은 내게 뒷모습으
로 남을 때

슬퍼지기 위해 살아가는 사람처럼 우리의 지난
겨울은 모두 연서였다.

그리 묻는

네가 없는 유서를 적는 겨울 아침.

앵두

울고 싶은 정물은
창밖에 지금 내리는 진눈깨비 같아
신은
사랑하는 자에게 기어코 달려가
붉은 눈을 내리고
새들은
밤의 유리창에 부딪힐 때
나는 살아서 돌아오곤 했다

어제 울다 버린 사랑에게 입술을 그렸다
이제부터 길게 말해야 하는
우리의 슬픔이 그랬다

PIN

044

슬픔의 반려

정현우

에세이

슬픔의 반려

12월 12일 묘묘

묘묘를 안고 말없이 걸었다. 내다 버리라는 아버지의 말에 말없이 걸었다. 첫눈이 왔던 날. 길가에 얼어 있는 웅덩이들을 깨부수며 걸었다. 동네를 다섯 시간이나 돌다가 뒷산에 있는 오두막집이 떠올랐다. 유리창에 금이 갔고 문도 제대로 닫히지 않았지만 추위를 견뎌낼 수 있는 공간이었다. 분리수거함에서 주워 온 옷가지들로 묘묘의 보금자리를 만들어주었다. 묘묘는 다른 고양이와 달리 산책을 좋아했고, 굉장히 영특했다. 강아지들에게 훈련시키는 것들을 곧잘 해냈다. 손, 발, 돌아는 기본이고 멀리 던져서 주위 오라는 명령도 잘 해냈다. 그래서 어디로든 데리고 다닐 수 있었다. 내 뒤를 졸졸 쫓아다녀서 목줄이 딱히 필요 없긴 했지만, 혹시나 하는 마음에 녀석의 목에 노끈으로 만든 목줄을 조였다.

2월 19일 모르는 마음

묘묘를 데리고 정미 수족관에 자주 들렀다. 수족관에는 물고기 말고도 햄스터나 십자매 같은 동물들도 있었는데, 묘묘는 하악질을 한 번도 하지 않았다. 학교가 끝나면 물고기들을 구경하는 것이 나의 행복이었다. 가게를 정미가 주로 지키고 있었기 때문에 수족관의 어항을 오랜 시간 동안 구경할 수 있었다. 가만히 흔들리는 수초들을 보면서 나에게도 아가미가 있으면 좋겠다는 생각을 했다. 아가미 같은 것이 있다면 묘묘와 함께 바다 깊은 곳에서 말미잘 같은 것들을 만져볼 수 있을 테니까. 엉뚱한 상

상을 하고 있는데, 묘묘가 선반에 올라가는 바람에 붕어 밥이 엎어졌다. 동글동글한 알갱이들이 여기저기 흩어지면서 바닥이 엉망이 되었다. 다행히 정미 아버지는 술에 곯아떨어져 있었고, 정미가 재빠르게 쓰레받기로 붕어 밥을 치우면서 말했다.

"인간의 감정 같은 것도 이렇게 알약처럼 만들어 놨으면 좋겠어."

"감정을 알약으로 만들다니?"

"그러니까, 기쁨 알약, 슬픔 알약, 기쁘고 싶을 때 먹으면 기뻐지고 슬프고 싶을 때 슬퍼질 수 있는 그런 약."

"그건 알약 없어도 가능하잖아. 마음먹기 달린 거니까."

정미는 휠체어에서 잠시 내려 한쪽 발에 붙은 붕어 밥을 떼어냈다.

"넌 네가 기쁘면 완벽하게 즐겁다고 느껴? 슬플 때는?"

"글쎄…… 근데 너 걸을 수 있었어?"

"응, 오른쪽 다리가 불편할 뿐이니까, 근데 고양

이는 어떻게 하려고?"

"몰라."

"그래 모르지, 그게 정답 같다."

정미가 어항에 붕어 밥을 뿌리자 검은 붕어들이 수면 위로 올라왔다. 모두 깨끗하게 먹어치우고 한가롭게 헤엄치는 모습에, 다 별게 아니라는 생각에 마음이 놓이기도 했다.

3월 17일 천국으로 가는 길

학교가 끝나면 정미 그리고 보육원에서 살고 있는 친구와 어울려 다녔다. 그 친구는 함께 교회에 가자며 우리를 졸라댔고 자주 끌려갔다. 여름 성경학교에서 주는 빵을 얻어먹으며 천국과 지옥에 대해서 배웠다. 음식을 남기면 지옥에 가고 목사님을 목사라고 부르거나 목사님을 나쁘게 생각하면 지옥에 간다고 했다. 물도 없이 씹어 먹는 빵에 목이 메었다. 예배 시간에 가난에 대해서도 들었다. 가난한 마음을 가지지 않으려면 자신의 죄를 교회에 와서

회개해야 한다고 했다. 십일조를 왜 해야 하는지, 천국에는 유일신을 믿어야만, 갖가지 안식일을 지켜야만 들어갈 수 있다는 것도 알았다. 천국에는 어떤 아픔과 고통도 없다고 했다. 슬픔이 없고 기쁨과 웃음만 있는 곳이라니, 무균실 안의 정갈하게 깎인 사과들이 떠올랐다. 천국에 사는 사람들은 어떤 얼굴을 하고 있는지, 구름 낀 성문을 지키는 문지기는 어떤 얼굴을 하고 있는지 궁금했다. 예배가 끝나갈 무렵 한 남자가 일어나 알 수 없는 말들을 하기 시작했다. "아멘" 하고 사람들이 일어나 울거나 감격스러운 표정을 지었다. 나는 정미의 귀에 대고 소곤거렸다.

"아멘이 무슨 뜻이야?"

"믿는다는 뜻이야."

"그럼 교회에서 하는 말은 모두 믿는다는 거야? 뭘 보고?"

"그래서 교회에 오는 게 아닐까?"

교회에 함께 온 친구가 조용히 예배에 참여하라며 우리에게 핀잔을 주었다. 설교는 들으면 들을수록 알고 싶은 것투성이었다.

그 교회에는 주인집 아들과 아줌마도 다녔다. 주인집 아들은 나와 같은 반이었고, 잘난 체를 많이 하는 녀석이었다. 아줌마는 수십 마리의 동물로 만든 듯한 모피 목도리를 두르고 다녔다. 정미는 내게 소곤거리며 말했다.

"저기에 얼마나 많은 모피가 들었을까?"

"한 스무 마리?"

"저건 양털이 아니잖아. 저런 목도리 만드는 게 그렇게 잔인하다는데."

헌금을 걷는 찬송가가 울리기 시작했고 나와 정미는 주머니 속에 들어 있는 50원짜리 동전을 슬며시 꺼냈다. 정미와 나는 그것을 헌금함 안에 넣고 키득키득 웃었다. 헌금 시간이 끝나고 나가려는 우리를 주인집 아줌마가 불러 세웠다.

"너희 헌금은 했니?"

"네."

"아까 가난에 대해서 들었지?"

"네, 가난한 사람들을 돌볼 줄 알아야 된다고요."

"그런 말은 안 했던 것 같은데?"

"그 말이 그 말 아닐까요?"

아줌마는 고개를 휙 돌리더니 정미를 흘기고 나가버렸다. 정미와 나는 문방구에서 불량 식품을 샀다. 입속의 옥수수 알을 씹어 먹으며 묘묘가 있는 오두막집으로 향했다. 나는 묘묘를 무릎 위에 앉히고 천국과 지옥 그리고 영혼에 대해 정미와 이야기했다. 정미가 묘묘의 머리를 쓰다듬으며 말했다.

"영혼이라는 것을 먼저 믿어야 할 것 같아."

"영혼, 그거 도깨비불 같은 건가?"

"근데 인간이 성경을 읽을 수 있으니까 인간만 가지고 있다는데."

"그건 아닌 것 같아."

나는 사람이 죽으면 꽃이나 풀 혹은 나비 아니면 고양이 같은 것으로 다시 세상에 온다고 믿고 있었기 때문에 고개를 갸웃거렸다.

"묘묘가 나의 증조할머니일 수도 있잖아."

"그건 말도 안 되는 소리야."

"그렇지만, 더 소중히 생각하게 되잖아."

"그건 그렇지."

고양이에게 영혼이 있는지 없는지는 중요하지 않다는 생각이 들었다. 죽으면 천국에 갈 수 있는지 없는지도 모르는 우리이니까. 나뭇가지들이 바람을 어디서 불러오는지 듣기 위해 나는 창가에 서 있었다.

11월 17일 밤의 궁전에서

나의 반려였던 것들을 생각해보면 할머니가 떠나고 나서 사이좋게 모두가 떠나버린 것 같다. 할머니가 죽었다는 사실이 아프기도 하지만 어떤 이유에서는 밉기도 하다. 나의 모든 반려들을 한꺼번에 데려가버린 것 같아서, 할머니가 맨정신으로 돌아왔을 때 엄마한테 했던 말이 떠올라서.

"모든 슬픔에는 그만한 이유가 있지. 나를 더는 못 보더라도 슬퍼하지 마. 먼저 가서 기다리고 있을게."

모든 슬픔에는 그만한 이유가 있을 거라니. 기억난다. 지금까지도. 모든 슬픔이 사라지는 순간이. 촛불이 더 이상 타들어갈 수 없다는 듯이 흔들리는 심지가. 할머니의 꺼져가는 동공 위에 비치는 울고 있는 엄마의 얼굴과 멈칫거리는 내 모습이. 작아진 할머니의 몸을 엄마와 함께 들었을 때, 이리 가벼울 수 있을까. 죽음이 이리 가벼울 수 있구나. 이미 할머니의 몸에서 마음이 떠나갔음을 엄마와 나는 알았다. 밤의 궁전으로 우리를 데려가고 있음을. 성문을 지키는 문지기가 저 어둠의 궁전으로 우리를 들여보내주지 않을 것임을. 다시는 열어보고 싶지 않은 상자들이 쌓였다. 상자 속에 들어가는 죽음이라니, 이토록 간단하다니, 나의 할머니와 반려동물들은 하나같이 상자 속에 들어갔다. 그래, 묻기 쉬우라고.

비 오는 저녁, 묘묘도 밤의 궁전 앞에서 서성거리고 있는 눈빛을 똑똑히 지켜보았다. 오른손으로 꼬리를 아무리 쓰다듬어도 일어서지 못하는. 나는 묘묘가 죽은 새벽에도, 그다음 날에도 그다음 날에도 그대로 두었다. 3일 동안 다시 살아나 내게 돌아올 수도 있으니까. 창밖은 추운 겨울이었지만 묘묘의 털은 아직 부드럽고 잘 말린 버찌들처럼 좋은 향기가 났다.

생명이 꺼져가는 소리다. 천사들이 너의 귓불을 쓰다듬으러 오는 소리다. 고양이가 우는 소리인지 바람이 창문을 흔드는 소리인지 알 수 없었다. 저 작은 몸에서 만지면 만질 수 있을 것 같은 마음이 떠나가고 있다는 것을 깨달았다. 함께할 수 있는 시간은 이제 정말 끝이라는 것도. 누구에게 물어야 할까. 신에게 물어야 할까. 엄마에게 물어야 할까. 시간의 천사에게 시간을 더 늘려달라고 해야 할까. 나는 축 늘어진 묘묘를 가슴에 품고 달렸다. 묘묘가 자주 웅크려 있던 곳에 두고 달빛을 맞게 해주었다. 그리고 묘묘가 자주 뜯고 골골거리던 상수리나무 앞에서 나뭇잎 소리도 들려주고 나뭇잎을 덮어주기도 했다. 산속으로 더 깊이, 50년 넘게 산 듯 보이는, 양쪽으로 길게 뻗은 도토리나무 아래, 마른 넝쿨들을 헤치고 들어갔다. 나와 함께 살았던 동물들이 차례대로 묻혀 있는 곳. 가져간 모종삽으로 구덩이를 파냈다. 묘묘를 상자 속에 넣고 그대로 묻었다. 그리고 그날 밤 꿈을 꿨다. 나의 할머니와 고양이의 걷는 뒷모습

을 따라 끝없이 걸어가는 꿈을. 사라지는 두 개의 그
림자. 저 고양이는 어디로 가나. 눈길을 지나 폭설이
머리까지 덮는 겨울이었다. 저 눈 고개 너머 오두막
집이 보이고, 나의 고양이를 쓰다듬는 할머니가 보
인다. "추운데 집에 가자, 여기서 뭐 해." 나는 할머
니와 묘묘를 함께 끌어안아보았다. 아직 살아 있었
구나, 많이 추웠을 텐데. 나는 할머니와 얼어 있는
고양이의 가슴을 녹여보려고 최대한 따뜻한 입김을
불었다. 녹았다가 얼었다가를 반복하다가 눈이 갑
자기 산더미처럼 쌓이더니 우리 셋을 모두 덮어버
렸다. 꿈에서 깨었을 때 베갯잇이 눈물로 젖어 있었
다. 눈물은 신이 인간에게 슬플 때 춥지 말라고 주
는 무엇일까. 눈물을 흘리고 나면 두 눈이 따뜻해지
니까, 더는 춥지 말라고, 슬픔에 얼어붙어 있지 말라
고. 나는 다시 묘묘가 묻혀 있는 산에 올라가 무덤을
파헤쳤다. 혼곤히 잠에 빠져 있는 듯했다. 나는 다짐
했다. 나의 동물들이 죽어 있는 곳에 다시는 돌아가
지 않을 것이라고. 아주 가끔씩 나는 꿈을 꾼다. 나
의 고양이와 할머니가 눈을 밟고 있는 소리가 들리

고, 부를수록 저만치 멀리 먼저 가버리는, 그리고 와
락 그것들을 껴안아보는 꿈을. 이 꿈을 지키려 자꾸
눈 감는 겨울을.

소멸하는 밤

지은이 정현우
펴낸이 김영정

초판 1쇄 펴낸날 2023년 1월 25일
초판 4쇄 펴낸날 2023년 4월 5일

펴낸곳 (주)현대문학
등록번호 제1-452호
주소 06532 서울시 서초구 신반포로 321 (잠원동, 미래엔)
전화 02-2017-0280
팩스 02-516-5433
홈페이지 www.hdmh.co.kr

ISBN 979-11-6790-182-8 04810
ISBN 979-11-6790-138-5 (세트)

* 책값은 뒤표지에 있습니다.